INSTITUT IMPÉRIAL DE FRANCE.

LES RESTES
DE SAINT AUGUSTIN

RAPPORTÉS A HIPPONE,

PIÈCE QUI A REMPORTÉ LE PRIX DE POÉSIE

DÉCERNÉ PAR L'ACADÉMIE FRANÇAISE

DANS SA SÉANCE PUBLIQUE ANNUELLE DU 28 AOUT 1856,

PAR JULIEN DALLIÈRE.

SE VEND :

A ANGERS,
Chez MM. COSNIER et LACHÈZE.

A PARIS,
Chez tous les principaux libraires.

INSTITUT IMPÉRIAL DE FRANCE.

LES RESTES
DE SAINT AUGUSTIN

RAPPORTÉS A HIPPONE,

PIÈCE QUI A REMPORTÉ LE PRIX DE POÉSIE

DÉCERNÉ PAR L'ACADÉMIE FRANÇAISE

DANS SA SÉANCE PUBLIQUE ANNUELLE DU 28 AOUT 1856,

Par Julien DALLIÈRE.

SE VEND :

<table>
<tr><td>A ANGERS,</td><td>A PARIS,</td></tr>
<tr><td>CHEZ MM. COSNIER ET LACHÈSE.</td><td>CHEZ LES PRINCIPAUX LIBRAIRES</td></tr>
</table>

1856

LES RESTES

DE SAINT AUGUSTIN

RAPPORTÉS A HIPPONE.

I

PROLOGUE.

LE SIGNE DE LA CROIX.

I

Sur tous les océans la nacelle de Pierre,
Libre, voguait enfin dans des flots de lumière,
Emportant ces pêcheurs dont le Maître parlait;
La journée était bonne, et l'ouvrier sublime
Voyait sous le butin retiré de l'abîme
　　Plier le céleste filet.

C'était l'heure où la foi peuplait les thébaïdes,
Où le bon grain germait dans les sables arides,
Où la croix étendait ses bras sur tout chemin,
Où le Christ empruntait la voix des Chrysostomes
Pour dissiper la nuit et les pâles fantômes
    De l'Olympe grec et romain...

L'humanité marchait. Seule, la cité reine,
Veuve des jeux cruels de la sanglante arène,
Le front découronné, Rome résiste encor,
Et, les yeux éblouis de l'éclat des miracles,
Lorsque ses dieux s'en vont, invoque leurs oracles
    Aux pieds de Jupiter Stator !

Jalouse, elle reporte un regard en arrière ;
Mais le Tibre n'a pas d'assez forte barrière
Pour arrêter le Dieu qui la veut conquérir.
Ce n'est point le flamine et la jeune vestale
Qui pourront arracher à son heure fatale
    Le monde ancien, qui va mourir....

Elle garde son culte à son fier Capitole ;
Jamais plus de ferveur n'entoura chaque idole,
Jamais vers Quirinus plus d'encens ne monta.
Chacun croit revenir aux beaux jours des ancêtres,
En revoyant leurs jeux, leurs augures, leurs prêtres
    Et le feu sacré de Vesta...

Vains efforts ! Jusqu'au sein de ses dieux domestiques,
L'aruspice, le soir, au bruit des saints cantiques,

Près du chaste foyer de deux jeunes époux,
Entend son petit-fils, d'une voix enfantine,
Bégayer du *Pater* la prière divine
    En s'endormant sur ses genoux (1).

II

Partout Rome s'affaisse avec ses dieux sans nombre;
Mais qu'il faut de clartés pour pénétrer tant d'ombre!
Quel dieu va s'emparer du ciel de l'avenir?
— C'est la vie ou la mort, la nuit ou la lumière,
Ou l'horrible hécatombe, ou la sainte prière,
    L'espérance ou le souvenir...

Ce sera l'espérance ! Et la Rome éternelle
Renaîtra de sa cendre et plus grande et plus belle;
Bercëau régénéré de cent peuples divers,
Et du monde nouveau moderne métropole,
Toujours reine, du haut d'un autre Capitole
    Elle embrasse encor l'univers (2)!

Mais il faut pour cela guérir la lèpre immonde
Qui dévore le sein de la reine du monde,
Mais il faut dans la plaie et le fer et le feu.
— Quand le Ciel a parlé, Rome, courbe la tête ;
Laisse éclater sur toi la foudre et la tempête,
    Et passer les fléaux de Dieu !

---

(1) Historique.
(2) Saint Augustin, *Cité de Dieu*.

Le Nord a débordé... Tout s'écroule, tout tombe.
Alaric de l'empire ouvre et ferme la tombe.
L'herbe ne pousse plus où son char a passé.
Juste prix de sa haine et de sa rage impie,
Comme Jérusalem, Rome idolâtre expie
    Le sang chrétien qu'elle a versé!

Et l'empire n'est plus qu'un monceau de ruines ;
Le vieil arbre est coupé jusque dans ses racines ;
Partout, sous le volcan, la cendre et les tombeaux!
Sur le monde romain les Goths et les Vandales
Lancent les flots impurs de leurs hordes rivales
    Et s'en disputent les lambeaux.

Le fléau marche, marche ; en sa course sauvage
Il détruit pour détruire, il porte le ravage
Jusqu'au fond des déserts où régnait Jugurtha,
Déroule ce linceul et ces voiles funèbres
Qui vont ensevelir en de longues ténèbres
    Madaure, Carthage et Cirtha...

Et toi, qui fièrement sur ta sainte colline
Vois briller ce flambeau dont l'éclat illumine
Les hauteurs de l'Atlas et l'horizon lointain,
Hippone, c'est en vain qu'en tes vives alarmes
Tu remplis de soupirs, de prières, de larmes,
    La basilique d'Augustin!

Entends la barbarie, autour de tes murailles,
La flamme dans les mains, chanter tes funérailles.

(7)

— C'en est fait ! et la nuit va s'étendre sur toi.
C'en est fait du sillon plantureux et fertile
Où germait pour les cieux le grain de l'Évangile
    Dans ces domaines de la Foi !

Pitié, Seigneur, pitié pour votre propre ouvrage !
Pitié pour tant d'efforts, de gloire et de courage !
Pitié pour Augustin, le pasteur du troupeau !
Comme le Christ pleurant la veille du supplice,
Il vous prie, ô mon Dieu ! d'éloigner ce calice,
    Un pied déjà dans le tombeau !

La terreur envahit les hameaux, les campagnes;
On quitte ses foyers, on fuit sur les montagnes.
Rayonnante cité, ton dernier jour a lui !
Vainement Augustin, cet athlète sublime,
Souffle à tes défenseurs tout le feu qui l'anime
    En ce combat nouveau pour lui !

Tantôt le saint vieillard monte à la citadelle
Et ramène un moment la fortune infidèle;
Tantôt, l'âme brisée, et l'œil mouillé de pleurs,
Il ouvre avec bonté, noble et divin exemple !
L'asile de son cœur et celui de son temple
    Au cri de toutes les douleurs.

Des prêtres cependant la foule consternée
Lui disait : « Verrons-nous l'Église profanée?
« Fuyons dans le désert, lévites d'Israël !
« L'ennemi du Seigneur va souiller cette enceinte;

« Il est temps, il est temps de sauver l'arche sainte
   « Avec les vases de l'autel (1) !

« Quoi ! fuir ? Quoi ! déserter ? Quand la mort nous menace,
« Soldats de Jésus-Christ, c'est ici votre place !
« Prêtre, élève ton âme au niveau du danger.
« Depuis quand le pilote, au milieu du naufrage,
« Quitte-t-il son navire avant tout l'équipage,
   « Avant le dernier passager ? » -

— Et le vaillant évêque, à ce moment suprême,
Leur donne le précepte et l'exemple lui-même.
Partout la charité le trouve aux premiers rangs.
Seigneur, quand vous voudrez, sonnez sa dernière heure ;
Il est prêt, il l'attend, dans son humble demeure,
   Penché sur le lit des mourants (2).

Tout à coup l'Esprit-Saint l'échauffe et le pénètre,
Et ce grand cœur pressent le monde qui va naître :
A l'horizon obscur il fixe un œil ardent.
Son regard, dont la flamme éclaira l'ancien monde,
Plongeant dans l'avenir, perce la nuit profonde
   Qui pèse encor sur l'Occident.

Aux clartés de la Foi qui dissipe les ombres,
Il découvre, là-bas..., parmi ses forêts sombres,

---

(1) Villemain, *Tableau de l'Éloquence chrétienne au IVe siècle.*

(2) Il faisait transporter chez lui les blessés, et leur donnait ses soins. *Vie de saint Augustin.*

La Gaule... et la bénit de sa mourante voix ;
Oui, la Gaule, Seigneur, qu'à son heure dernière
Vous voulez que, de loin, sa main heureuse et fière
    Marque du signe de la croix !

— Sur sa couche funèbre il s'incline et retombe.
Tout périt à la fois, tout descend dans sa tombe.
Adieu, temples du Christ ; brillante Hippone, adieu !
Le grand apôtre expire, et son âme s'envole,
Et déjà du reflet de sa vive auréole
    Rayonne la cité de Dieu !

II

AUGUSTIN.

———

I

Et la nuit vint, la nuit profonde...
— Annoncez-vous la fin des temps,
Fléaux de Dieu, qui, sur le monde
Vous déchaînez des quatre vents?

Eh, quoi! dans vos champs de lumière,
Seigneur, de féroces guerriers,
Soulevant des flots de poussière,
Lâchent la bride à leurs coursiers!

Que deviendra votre héritage
Et votre moisson de vertu,
Si par les vents ou par l'orage
L'épi doré tombe abattu?

Silence à la faiblesse humaine,
A nos plaintes, à nos regrets!

Le semeur du divin domaine
Rend-il compte de ses secrets?

— De l'Afrique la foi s'exile;
Errante, et d'un pas incertain,
Elle fuit d'asile en asile,
Emportant les os d'Augustin...

Ah! que de gerbes de lumière
A l'avenir rapportera,
Seigneur, la terre hospitalière
Qui dans son sein les gardera!

Où va cette troupe fidèle?
Où vont-ils ces hérauts du Ciel,
Porteurs de la Bonne Nouvelle,
Messagers du Dieu d'Israël;...

Tribus chrétiennes dispersées
Par delà les monts et les mers,
De leur sphère étoiles lancées
Sur d'autres points de l'univers;...

Colonne de feu qui chemine
Ou qui s'arrête à votre voix?...
Le haut des Alpes s'illumine;
La Gaule plante votre croix (1)!

---

(1) C'est de l'Afrique que vinrent les premiers enseignements de l'Évangile
dans les Alpes et dans la Gaule.

— Ainsi quelquefois sur la plaine
S'abattent de noirs tourbillons.
L'aquilon, de sa froide haleine,
Souffle... et ravage les sillons.

Tout est détruit... mais la tempête,
Que pousse un pouvoir inconnu,
En s'élevant fond sur la crête
De quelque mont sauvage et nu.

O prodige ! son vol rapide,
Loin du champ qu'elle a dévasté,
Va semer sur le sol aride
Un grain de blé qu'elle a porté.

Et voilà que la Providence,
Avec un soin tout maternel,
Y fait germer cette semence
Pour les petits oiseaux du ciel !

II

Quoi ! de son souffle impur, Seigneur, la Barbarie
De l'Église d'Afrique éteindrait le flambeau !
L'Hippone d'Augustin, son bercail, sa patrie,
Descendra-t-elle ainsi dans l'éternel tombeau ?
Laisserez-vous languir ce *sol bon et fidèle* (1),
Par l'apôtre africain de sueurs inondé,

---

(1) Saint Luc.

Ce sol qu'une martyre, une vierge immortelle (1),
     D'un sang si pur a fécondé?

N'écarterez-vous point les ronces, les épines
Dont le mortel amas l'étouffe enseveli?
Et ne viendrez-vous pas réparer les ruines
     De votre temple démoli?

     — Le Vésuve de son cratère
     Lança les torrents redoutés,
     Et sa lave, au sein de la terre,
     Engloutit de nobles cités!

Dix-huit siècles passés : au lever de l'aurore,
Un jour, le laboureur tout à coup s'arrêta,
En entendant le bruit métallique et sonore
De l'airain enfoui que sa herse heurta...
Et la terre fouillée entr'ouvrit ses entrailles,
Et vit se réveiller, après un long sommeil,
Forum, temples, palais, portiques et murailles,
     Surpris de revoir le soleil!

III

L'Afrique dort aussi sous un monceau de cendre.
Doit-elle encor, Seigneur, doit-elle encore attendre?
Verra-t-elle briller le jour libérateur?
Ainsi qu'Herculanum Hippone disparue

____

(1) Vivia.

Renaîtra-t-elle, un jour, au choc de la charrue (1)
        Que pousse un bras réparateur ?

Et là-haut Augustin tressaille d'espérance ;
Le doigt de l'Éternel lui désigne la France,
Qu'il entrevit dans l'ombre et qu'il voulut bénir ;
La France, qu'ombrageait le chêne druidique
Dont elle garde encor, sous l'arbre évangélique,
        Le mystérieux souvenir...

La France, qui, debout, active sentinelle,
Reine de l'Occident, veille sur l'univers,
Grande, sans imiter cette Rome éternelle
Qui ne donnait ses lois qu'en imposant des fers ;
La France, aussi vaillante, et non pas moins féconde,
Qui, comme le soleil, roi de l'immensité,
Visite chaque peuple, et verse sur le monde
        Et sa chaleur et sa clarté !

IV

Dix siècles, l'islamisme, après l'idolâtrie,
De l'Afrique romaine a dévasté les bords.
Mais la voilà française ! et la mère patrie
S'y réfléchit joyeuse avec tous ses trésors.
Le soldat sonde et trouve en fouillant la poussière
La voie où le Romain autrefois a passé ;

---

(1) On sait qu'Herculanum fut ainsi découvert.

Il fait revivre, il rend à sa beauté première
    Tout l'éclat d'un monde effacé.

Industrieux colons ou soldats intrépides,
Autour d'Icosium (1) ne vous arrêtez pas...
Suivez, en entraînant Gétules et Numides,
Le céleste éclaireur qui précède vos pas !
— Et le désert se change en oasis fécondes,
Et le hardi forban quitte la grande mer,
Et l'Atlas, devant vous, dans ses gorges profondes
    Voit tomber ses Portes de Fer !

V

Halte, au pied de ces monts qui regardent Carthage !
Halte, soldats, au pied de ces riants coteaux
Que domine l'Edough de sa cime sauvage,
Aux bords où la Seybouse aime à rouler ses eaux !
Gravissez à pas lents cette double colline,
Suivez l'Abou-Gemma, limpide et doux ruisseau ;
Là que votre bannière et s'arrête et s'incline
    Devant un glorieux berceau !

VI

Déjà l'ombre du soir de ces monts solitaires
Descendait ; dans ces rocs c'étaient de toutes parts
Des cactus, des forêts d'oliviers séculaires,

---

(1) Alger.

L'acanthe, l'aloès... quelques débris épars.
Et là, silencieux, assis sur une pierre,
Un Arabe, caché dans son large burnous,
N'attendait que la nuit pour dire une prière...
— Il vient, les bras croisés, de ployer les genoux.
A notre aspect soudain il se lève, l'œil sombre,
Et, loin du lieu sacré que profanent nos pas,
Comme un fantôme blanc il disparaît dans l'ombre,
En nous jetant ces mots, que je ne comprends pas :
« Fuis, ou crains d'allumer les colères divines,
« Infidèle! accouru du rivage ennemi,
« Dont le pas sacrilége, au sein de ces ruines,
        « Trouble l'ombre du Grand-Roumi (1)! »

Quel langage! Quel est cet étrange mystère?
Est-ce un fils du prophète, est-ce un ange du ciel
Qui visite la nuit ce tertre solitaire?
Qu'attend-il en ces lieux, cet enfant d'Ismaël?
Il attend le Roumi, le *Père de l'Eglise!*
Hippone dort ici sous cet ombrage épais.
Vous foulez, sur ce point de l'Afrique conquise,
        La basilique de la paix!

Ce sol du grand apôtre a gardé la mémoire!
C'est là que sa parole épanchait ses flots d'or...
L'Arabe y voit reluire un reflet de sa gloire

---

(1) Tradition arabe. Le Grand-Roumi veut dire : le Père de l'Église. Monseigneur Sibour, évêque de Tripoli : *Vie de saint Augustin,* par Poujoulat.

Aux lieux où le Roumi vient le charmer encor!
Faible et dernier débris d'un immense naufrage,
Vague tradition, souvenir affaibli!
C'est le nom d'Augustin qui flotte et qui surnage
    Sur les abîmes de l'oubli!

VII

Pour apaiser ma soif de gloire et d'harmonie,
Pauvre abeille égarée en cherchant mon butin,
Puissé-je, dans ces lieux qu'éclaira son génie,
Retrouver quelques fleurs sous les pas d'Augustin!

— Éveillons à Tagaste, éveillons à Madaure
L'écho de sa jeunesse et de ses premiers jours!
Là, je le vois enfant. Sa mère, qu'il adore,
Suit ses pas... sans pouvoir les diriger toujours.
Là, son âme si vive, et cependant soumise,
Exhalait en secret ses naïves douleurs;
Là, bien souvent, après une faute commise,
    Il est venu verser des pleurs.

La faute le charmait... la peine l'épouvante,
Et, devant *le bon Dieu* joignant ses faibles mains,
Il adresse à Jésus sa prière fervente
Pour l'arracher aux coups de maîtres inhumains (1)...
— Voyez de cet aiglon l'ardente inquiétude...

---

(1) *Les Confessions.*

Impatient du ciel, il veut, d'un libre essor,
S'échapper de son nid, paisible solitude
    Où sa mère l'enchaîne encor!

Jusque dans ses erreurs quels poétiques charmes!
Disciple de Manès et prompt à s'attendrir,
Il croit que l'humble fleur a d'innocentes larmes,
Il sent que, sous le fer, cet arbre doit souffrir...
— Sincère égarement et croyance éphémère
Que prêche et qu'embellit son langage de feu,
Et qu'il veut imposer même à sa sainte mère,
    Dont le cœur saigne devant Dieu (1)!

« Pontife que j'implore, éclairez, disait-elle,
« Éclairez sa jeune âme au flambeau de la foi!
« — Rassure-toi, Monique, en ta douleur mortelle ;
« Ce fils ne peut périr, ainsi pleuré par toi (2).
« Sainte, tu peux en croire un prophétique songe,
« Près de toi, sur la planche où tu viens te placer,
« Ramené par tes vœux des sentiers du mensonge,
    « Ne le vois-tu pas s'avancer (3)? »

— Il se laisse entraîner à la fougue de l'âge...
Par un double torrent tour à tour emporté,
Il tâche, mais en vain, d'assouvir à Carthage
Cette soif de l'amour et de la vérité...

---

(1) *Les Confessions.*
(2) L'évêque à Monique, *Confessions.*
(3) Saint Augustin, *les Confessions*, Songe de Monique.

Ces spectacles, ces jeux, aliment de sa flamme,
Ravivent tous les feux dont il est consumé (1)...
Pardonnez-lui, Seigneur, comme à la sainte femme,
　　Parce qu'il a beaucoup aimé!

Jouet de tous les vents sur cette mer du monde,
Au milieu des plaisirs, de parfums enivré,
Les soucis, le chagrin, la tristesse profonde
Se disputent son cœur jaloux et déchiré (2)...
— Ah! pour lui, qui ne *veut que vivre en ce qu'il aime* (3),
Quel coup mortel, Seigneur, quel effroyable ennui,
Lorsque, sous votre main, au sortir du baptême,
　　Son ami meurt auprès de lui!

Cette perte cruelle a brisé son courage...
Il étouffe... il l'appelle et la nuit et le jour!
Rien ne le peut calmer, ni le frais, ni l'ombrage,
Ni la brise du soir, ni les chants... ni l'amour!
La poésie en vain, souriant à sa gloire,
Lui donne ce laurier qu'il brûlait d'obtenir,
Et dont ici ma bouche, en chantant sa mémoire,
　　N'ose évoquer le souvenir (4)!

---

(1) Villemain, *Tableau de l'Éloquence chrétienne au IV⁰ siècle.*
(2) Saint Augustin, *les Confessions.*
(3) Saint Augustin, *les Confessions.*
(4) « Des prix de poésie se décernaient chaque année sur le théâtre de Car-
« thage; Augustin concourut; il reçut en plein théâtre la couronne poétique des
« mains du proconsul Vindicianus. » Villemain, *Tableau de l'Éloquence chrétienne.*

Alors il accomplit son rêve de jeune homme.
Adieu Carthage ! adieu le foyer paternel !
Il lui faut l'Italie et les grandeurs de Rome,
Ces temples, ces palais, ce prestige éternel !
— Il descend au rivage, à pas lents... en silence ;
Il éloigne sa mère... elle prie à l'écart...
Et c'est par le vaisseau qui sur les flots s'élance
    Que Monique apprend son départ !

VIII

La foi du Christ l'agite. Incertain de sa route,
Sans se fixer il erre autour de son autel...
Désespéré, penché sur l'abîme du doute,
Dans sa fièvre il invoque un rayon immortel !
Que le dernier anneau de sa chaîne se brise !
Il veut, il ne veut pas. Haletant, éperdu,
Il s'effraye ; et, déjà sur le seuil de l'Église,
    Il reste le pied suspendu... (1)

Sa mère est accourue à ses cris de détresse.
C'est alors qu'il revoit son fils, sublime enfant,
Ce cher Adéodat, qu'il pleure et qu'il caresse,
    Père confus et triomphant !

Voilà tous ses amis, charmante colonie
Qui, pour le retrouver, a traversé les mers,

---

(1) Saint Augustin, *les Confessions.*

Alype... confident de son noble génie,
Licentius... qui rêve au doux charme des vers.
— C'est ici qu'au sortir des vallons de Virgile
Il prendra vers le ciel un courageux élan,
Ici qu'il recevra le joug de l'Évangile
    Du saint pontife de Milan (1)!

Il s'irrite, il s'indigne enfin contre lui-même.
Ne pourra-t-il, mon Dieu, de la terre vainqueur,
Ne pourra-t-il jamais, dans les eaux du baptême,
Éteindre le brasier allumé dans son cœur?
Ne pourra-t-il guérir le mal qui le dévore?
Et, pleurant à sanglots, je l'entends s'écrier :
« Voilà que j'ai trente ans, et je vacille encore
    « Au fond du ténébreux bourbier (2). »

Que faisons-nous, Alype (3)? Un simple solitaire,
Antoine, en son désert, a pu ravir le ciel,
Et moi, d'un vain savoir enivré sur la terre,
Je péris dans des flots d'amertume et de fiel !
Sous le poids de son âme il chancelle... il succombe ;
D'Alype qu'il effraye il s'éloigne, et soudain,
Comme frappé, Seigneur, de votre foudre, il tombe
    Sous le figuier de son jardin (4).

---

(1) Saint Ambroise.
(2) Saint Augustin, *les Confessions.*
(3) Saint Augustin, *les Confessions.*
(4) Saint Augustin, *les Confessions.*

IX

Mais, perçant la nuée au plus fort de l'orage,
Un rayon de soleil resplendit quelquefois...
Quel secours imprévu ranime son courage ?
Qui lui parle ? D'où vient cette céleste voix ?
Quel accent pur et doux le pénètre et l'enchante !
C'est un baume divin pour ses membres brisés...
Est-ce un enfant qui passe ? est-ce un ange qui chante :
      « Prenez, lisez ! Prenez, lisez (1) ! »

Et le livre de Paul de lui-même s'entr'ouvre (2) ;
Et voilà ce grand cœur enfin cicatrisé !
Car c'est l'ordre de Dieu qu'Augustin y découvre :
— Votre songe, Monique, était réalisé !
Il ne sent plus le poids des chaînes corporelles.
Quand elle prend son vol sur l'aile de la Foi,
L'âme vers les hauteurs des sphères immortelles
      Emporte tout l'homme avec soi !

X

Longtemps il a, Seigneur, recherché votre étoile,
Et suivi sur les mers plus d'un astre menteur...
Dans l'océan du vrai, voguant à pleine voile,

---

(1) Saint Augustin, *les Confessions.*
(2) Saint Augustin, *les Confessions.*

Il vient enfin d'entrer, hardi navigateur!
— C'est son immensité, sa grandeur infinie,
Que Dieu lui fait sonder, mesurer tour à tour (1);
Fertile et large champ pour son vaste génie,
    Son éloquence et son amour.

Quelles félicités inondent tout son être,
Quand, le soir, contemplant cette voûte d'azur,
Il écoute Monique au bord de la fenêtre
Qui s'ouvre sur la mer au flot limpide et pur!
Sur ses ailes de feu l'amour, qui les embrase,
Les enlève à la terre, et, du cœur et des yeux,
Ils peuvent savourer, dans leur divine extase,
    Toutes les voluptés des cieux (2)!

« Adieu, mon fils, adieu! dit Monique... ravie :
« Je ne veux plus quitter les parvis éternels.
« Du courage, et sans moi retournez dans la vie :
« Votre tâche est là-bas, dans les champs paternels.
« Ballotté sur des mers fertiles en naufrage,
« Inquiète, longtemps je vous suivis du bord...
« Pour rendre grâce à Dieu je m'en vas du rivage
    « Puisque je vous vois dans le port! »

XI

Son fils ne pleura point; mais, l'âme anéantie,

---

(1) Ut possitis comprehendere cum omnibus sanctis quæ sit *latitudo*, et *longitudo*, et *sublimitas*, et *profundum*...   (S. Paul aux Éphésiens, III, 18.)
(2) Saint Augustin, *les Confessions*. (Voir le beau tableau de Scheffer.)

Sur les rives du Tibre et dans le port d'Ostie
Il erre comme un spectre effrayant de pâleur...
Frappé dans cette mort si douce et si sereine,
Il supplie en secret la bonté souveraine
     « De lui pardonner sa douleur ! »

Enfin la voix de Dieu vers Hippone l'appelle ;
Il faut un bras puissant à l'Église nouvelle :
C'est l'heure du combat, c'est l'heure du travail !
Le souffle d'Arius, la fureur de Pélage
Assaillaient le navire, emporté vers la plage
     Sans pilote et sans gouvernail !

Les flots sont déchaînés. Comme le divin Maître
Il parle... La tempête apprend à le connaître.
Les vents tumultueux s'apaisent à sa voix.
Rameur infatigable ou pilote intrépide,
Chaque jour il avance en son élan rapide
     Vers les conquêtes de la croix !

Il lutte, il veille, il prie, il enseigne, il console.
La vérité jaillit au choc de sa parole !
— D'un juste et noble orgueil je me sens palpiter.
Presque au-dessus de l'ange il m'élève, — moi libre !
— J'ai le droit de faillir. Mais, divin équilibre !
     J'ai le pouvoir de mériter (1) !

----

(1) Libre arbitre.

XII

Arrête-toi, ma muse; impuissante hirondelle
Qui passes l'Océan, repose enfin ton aile
Sur le mât protecteur du céleste vaisseau!
Arrête! tu ne peux, en sa course infinie,
Suivre le vol hardi de ce rare génie...
Reste, pieuse et tendre, auprès de son berceau!
Goûtons un pur bonheur à prier en silence
Aux lieux où retentit sa divine éloquence.
Hélas! tombe et berceau, tout repose, tout dort...
Tout dort enseveli sous les pas du Barbare,
En attendant que Dieu dise au nouveau Lazare :
    Brise les portes de la mort!

III

ÉPILOGUE.

LE RETOUR.

———

I

Ce n'est pas seulement pour des œuvres humaines,
Pour creuser des canaux, pour ouvrir des chemins,
Que Dieu nous fit marcher sur les traces romaines :
Pour un plus noble usage il réserve nos mains !
A nous de ranimer cette terre flétrie,
De transformer ce sol barbare et desolé,
De rendre à son Hippone, à sa chère patrie
    Un fils trop longtemps exilé!

II

Le navire a quitté la côte hospitalière
Où se cacha longtemps le précieux trésor (1),

———

(1) Les ossements d'Augustin avaient été transportés par les fidèles en Sardaigne, après l'invasion des Vandales, au IVᵉ siècle.

Et, sous un ciel d'azur, inondé de lumière,
Il porte avec orgueil son tabernacle d'or !
Salut au *Gassendi*, nom chéri des étoiles !
Salut à nos Bretons, ses dignes matelots (1) !
Que votre esprit, Seigneur, qui dirige leurs voiles,
    Souffle aujourd'hui seul sur les flots !

L'œil tourné vers la France, en face du rivage
D'où le Sarde nous jette un fraternel adieu,
Cortége de l'apôtre un pieux équipage
Sur cet autel flottant s'incline devant Dieu !
Le ciel semble sourire au vaisseau qui s'arrête
Pour prier l'Éternel de le conduire au port.
Le Gassendi, paré comme en un jour de fête,
    Frémit d'un généreux transport !

Oh ! ce temple convient au mystère sublime !
Et Dieu, des profondeurs de son immensité,
Sur ce frêle vaisseau suspendu sur l'abîme
Descend dans sa grandeur et dans sa majesté !
Entonnez, ô prélats, vos hymnes d'espérance !
Cette noble Sardaigne est une sœur pour nous,
Et l'Afrique n'est plus qu'une nouvelle France
    Dont le cœur tressaille avec vous !

Priez, oh ! priez donc autour de ces reliques
Que porte avec respect le flot silencieux.

---

(1) C'est le vaisseau *le Gassendi* qui rapporta les restes de saint Augustin ; l'é-
quipage était composé de Bretons.

Faites monter l'encens et la voix des cantiques
De l'infini des mers à l'infini des cieux !
Pour verser tous ses dons le Seigneur vous rassemble.
Le bras droit d'Augustin aux vôtres vient s'unir (1)...
Depuis quinze cents ans ces trois terres ensemble
    Vous attendaient pour les bénir !

III

Mais, reprenant sa course un moment suspendue,
Le vaisseau disparaît dans l'immense étendue.
Heureux de son fardeau, fier de son pavillon,
Il fuit, comme l'oiseau, sur cette mer limpide
Où la visible main d'un invisible guide
    Lui trace un lumineux sillon.

Bientôt l'aube du jour, sur la rive prochaine,
Colore de l'Edough la formidable chaîne.
C'est la terre, chrétiens, que l'apôtre foula !
Voici le port, voici les minarets de Bone,
Et, plus loin, nous voyons ce qui reste d'Hippone
    Sur les collines que voilà !

    « Réjouis-toi, terre d'Afrique;
    « Ce jour est le jour du réveil !
    « Sors de ta cendre, ô basilique !
    « Hippone, sors de ton sommeil !

    « Il vient éclairer vos ténèbres,

---

(1) C'est le bras droit du saint évêque que la Sardaigne a rendu à la France.

« Le saint du Dieu vivant et fort,
« Vous qui, dans vos linceuls funèbres,
« Dormez à l'ombre de la mort (1)! »

Il touche la terre natale,
Et soudain, ébranlant les airs,
L'hymne d'Ambroise (2), triomphale,
Fait vibrer l'écho des déserts!

Réjouis-toi, terre d'Afrique ;
Voici le jour du grand réveil!
Sors de ta cendre, ô basilique !
Hippone, sors de ton sommeil!

IV

Du sang pur de la France une terre arrosée
N'appelle point en vain la céleste rosée....
Ils vont éclore enfin ces germes de la Foi
Que l'apôtre a semés. France, poursuis, achève!
Aujourd'hui de sa tombe un grand siècle se lève
      Et ressuscite devant toi!

Que ta puissante main sauve, répare et fonde,
Pour léguer tes trésors aux siècles à venir,

---

(1) ..... *Illuminare his qui in tenebris et in umbra mortis sedent...* Zacharie, verset chanté par les sept prélats et le clergé, en arrivant à Hippone avec les restes de saint Augustin.

(2) *Te Deum.*

Et, sur la plage même où périt l'ancien monde,
Ravive d'Augustin l'immortel souvenir !
En face de la mer place sa noble image ;
Son sublime regard vers toi se tournera,
Et son bras, qui déjà s'étend sur ce rivage,
    De loin, France, te bénira !

Et déjà, sous l'abri du drapeau tricolore,
Voici le Musulman, le Kabyle, le Maure,
Et vaincus et vainqueurs confondus aujourd'hui !
Ce grand cœur, ce foyer d'amour et d'espérance,
Se ranime, en voyant à l'ombre de la France
    Tant de peuples autour de lui !

Réchauffe, élu du Ciel, réchauffe de ta flamme
Nos soldats, de ta foi ferme et vaillant soutien !
Épanche de nouveau les trésors de ton âme
Sur ce sol, grâce à nous, redevenu chrétien !
Nous t'avons ramené dans la barque de Pierre ;
Ton Église autrefois s'élevait en ce lieu.
Voici les fondements et la première pierre....
    REBATIS TA CITÉ DE DIEU !

PARIS. — TYPOGRAPHIE DE FIRMIN DIDOT FRÈRES, FILS ET Cᵉ,
IMPRIMEURS DE L'INSTITUT IMPÉRIAL, RUE JACOB, 56.

Paris. — Typographie de Firmin Didot frères, rue Jacob, 56.